听见花开的声音

张福庆 著

山西出版传媒集团 山西人民出版社

图书在版编目（CIP）数据

听见花开的声音 / 张福庆著. —太原：山西人民出版社，2024.6

ISBN 978-7-203-13348-3

Ⅰ. ①听…　Ⅱ. ①张…　Ⅲ. ①诗集—中国—当代　Ⅳ. ①I227

中国国家版本馆CIP数据核字（2024）第080907号

听见花开的声音

著　　者：张福庆
责任编辑：张书剑
复　　审：刘小玲
终　　审：李　颖
装帧设计：靖　芳

出 版 者：山西出版传媒集团·山西人民出版社
地　　址：太原市建设南路21号
邮　　编：030012
发行营销：0351—4922220　4955996　4956039　4922127（传真）
天猫官网：https://sxrmcbs.tmall.com　电话：0351—4922159
E—mail：sxskcb@163.com　发行部
　　　　　sxskcb@126.com　总编室
网　　址：www.sxskcb.com

经 销 者：山西出版传媒集团·山西人民出版社
承 印 厂：晋中市美琳印务有限公司

开　　本：890mm×1240mm　1/32
印　　张：6
字　　数：120千字
版　　次：2024年6月　第1版
印　　次：2024年6月　第1次印刷
书　　号：ISBN 978-7-203-13348-3
定　　价：58.00元

诗性的精神花园

——张福庆《听见花开的声音》简评

诗歌是抒情言志的艺术,是对于现实生活和内心世界的真实观照。张福庆《听见花开的声音》(山西人民出版社出版),把诗歌分为八个部分,从不同的角度钩织了一幅幅人生的宏阔场景,描绘了亲情、乡情和自然美景,抒发了对于漫漫人生的真挚情怀,赋予了生活万花筒一般的意境。他的诗歌语言精炼,情感饱满,洋溢着对生活的热爱之情和深刻哲思。

所有的艺术之中,诗歌更加深刻地直抵人生,拨动来自生命深处的歌弦。张福庆身处纷繁复杂的生活之中,保持着对于亲情精微细致的观察和描绘,如同树根深深扎进大地,触须连接着人世间最美的情感。他的诗歌《温暖的树》,通过对于树的描写,抒发了对于生命的坚强守护:“风里,你拼命地抗争/即使枝丫摇摆得让人心疼/即使风过时留下凛冽的叫声/你的头永远昂起/注视天际。”这哪里写的是树，分明写的是大写的人，写的是对于生活的勇敢承担。对于亲人的思念，是每个人都要面对的，最令人揪心的是子欲养而亲不在。张福庆在《思念的印记》中道：“父亲，我把千万次呼唤/撒向天际/可回响的山谷里/收不到/您一丝的信息。”这种人间至真至纯的亲情，雄浑博大，苍茫辽阔，让人手不释卷，十分感动。他在诗歌中歌颂母亲：“皮肤经受着暴晒/她依然在劳作着/像是故意与炎热对抗。”诗歌中描写了天气的炎热，母亲的辛苦勤劳，甚至还带有一丝“抱怨”，正是这种抱怨，写出了母亲的任劳任怨和日子的艰辛不易。这本诗集写母亲的诗歌有多首，从不同的侧面表达了对于母亲的深沉情愫。

每个诗人心中都装着一个故乡，对于生于斯长于斯的家园具有浓郁的情感，无不在诗歌里抒写乡情和乡愁，表达游子对于家乡的热爱。张福庆《无名的小路》写道：“心事一缕缕整理而出/时下纷扰、儿时欢愉，交织/所有的缠绕被这小路/一一解锁。”在作者笔下，故乡多么神奇，不仅滋养了他的身心，而且能够解开游子的心结。这样的描写可谓细致入微,神来之笔。诗歌《回忆》中描写童年:“童年,追着柳絮/无忧无虑/听着鹧鸪鸟的叫声,好奇/想着燕子的轨迹/疑惑四季/静静地躺在地上/任蝴蝶掠过眼前/牛羊追逐嬉戏。”这是无忧无虑的岁月,充满了童趣的欢乐,洋溢着少年自由自在的天性。无论如何,走的再远,回眸之处还是梦牵魂绕的故乡:“北方的辽阔里,有我/狭小的寂寞的城/江南的精致里,藏着/无边的忧郁的眼神。”(《游子》)人类的情感是相通的,我们在作者的诗歌里读出了每个游子的惆怅和感怀,这就是诗歌的奇妙之处。

王夫之的《姜斋诗话》说:“情、景名为二,而实不可离。神于诗者,妙合无垠。”张福庆在诗歌创作中善于通过缜密的观察和精心的构思,把情与景结合起来,酿造出优美的诗歌意境。他写《黄山》:“渐起的日光像一把利剑/劈开岩石,树便从石缝里/钻出,怕什么风雨交加/根早已抱紧了顽石几千年。”这首诗歌赋予眼中的岩石、日光、树木以情感,表达了对情感或者信念的坚定坚守,情景交融,以景喻情，恰到好处。他的《火苗》，从暗夜中点燃的一根火柴写起，星火给人信心，最后发出对于光明的呼唤：“高山横亘，低谷凹陷/黑暗的外衣/只会让/火苗烧得更亮。”这看上去是写火，其实是抒发对美好生活的向往，阐述对理想坚贞不屈的追求，充满豪情壮志和乐观主义精神。《秋雨不是乌云的泪》道：“湿漉漉的绿叶上/不是泪水/是拼命前行的汗滴/花瓣上跌落的雨/不是凋谢/是走过鲜艳的花期。”自古逢秋悲寂寥，诗人们面对秋天秋雨总爱写愁，张福庆的诗歌把雨水看做“拼命前行的汗滴”，赋予了秋雨新的象征意象，表达了对生活的憧憬和热爱。通读他的诗歌，感觉光明敞亮，充满正能量，没有无病呻吟，没有为赋新词强说愁，十分贴切自然，字里行间闪烁着奋进的光芒，感受到心灵的震颤。

诗歌的艺术魅力不仅在于情景交融的抒情描写，还应具有对生活的思考，如此才能更好地体现出诗歌的美学价值。张福庆在这方面是做了深入探讨和诗歌实践的，因而他诗歌中的名言警句能够打动人，并且颇能让读者受到启迪。他的《独处》描写在寂静中对于世界的思考，描写草原、高山、长江，描写感悟个体力量，那些烦恼、遗憾、失望，在历史的车轮中不值一提，衬托出了人生的豁达。他写《觉察》：“隔壁的牵牛花从夜里就开始/期盼次日的阳光/飘来的乌云包揽了它所有的沮丧。”他写《困境》：“思维在茫茫沙漠里游走/向导，聪明的，何时才会出现？”他写《思绪》：“我只是端坐/把心灵的空洞/抓在手里，揉碎/然后，抛洒在/几亿光年的外太空里。”张福庆的诗歌中，既有对生活冷峻的思考，还有对生活的独特认知。一首诗短短几十个字，可以说是思接千古，心游万仞，反映了对世界的深刻思考，既苍凉旷远、孤独落寞，又寓意深远、见解非凡，直指生活的融入点。其实人生何尝不是一场生命之旅，“灵魂跳跃的路上/有谁不是，把深邃安放在/生命的每一段长河里”（《旅行》）。

诗人是心灵的歌手，也是精神家园的构建者。现实生活锻打着诗人的灵魂，诗人更高地升华着自己的精神领地。张福庆说：“每个人的成长都是从原点出发，向着四周扩散开去的。但无论走多远，植入血液的亲情,埋入心底的与故乡有关的纯真之情永远不会磨灭,反而会随着年龄的增长愈发醇厚。”浏览他的诗集,我们发现他的诗歌跨度大,内容丰富,涉猎广泛,从中学阶段一直延伸到工作后的各个阶段。从中反映了他的人生轨迹和心路历程,看到了生活变化和灵魂提升,在个体与社会、物质与精神的碰撞中,建构了美好的诗歌精神家园,给读者带来了诗歌的艺术享受,值得我们研究和关注。

宁志荣

2024年3月20日于存养斋

目录

爱之亲情

闭眼三省

爱之亲情

父　亲

父亲
我总是在梦里
和你,相遇
可却又
遥不可及

你依旧穿着
喜爱的褪了色的
中山装
浓密的胡茬
一如我儿时
抚摸的
那样,坚硬

慈祥的面容
略带微笑
额头,面颊里
刻满了皱纹
粗大的手掌
像房子,为我们

遮风挡雨

你宽阔的肩膀
扛起责任
一路前行
不曾停歇
直至
离我们远去

父亲
十年了
你坟头的草换了茬
灌木也已长大
可是对你的怀念
从未间断

清明的祭奠
满载家人的祝愿
撩起的青烟
戳动着我心头的泪腺
我哭红的眼
模糊了世界
清晰了你的形象

如今身在异乡
望着远方
这清晨的雨
可是你
捎来的消息
手捧雨滴
让吹来的风
带去我问候的细语

来不及

来不及见上一面
您就走了
我想过无数个与您告别的方式
唯独没有这匆匆,太匆匆

我多想握着您的双手
聆听你最后的教诲
可归来时
只能跪在这冰冷的灵前

前夜
还听到您的声音
翌日却传来如此不幸
来不及憧憬未来
只能翻看过去
回望点滴

连日的雨是儿女送别的泪
滂沱而泣
远处的云是去往天堂的梯
顺遂而去

大爱无疆

十月怀胎的辛苦
当作幸福
分娩时的痛苦
从不惊怵

母亲
乳汁里的爱
养儿育女
舒适,安逸里
没有自己

农田里
披星戴月的身影
深夜里
挑灯针线的花镜

皱纹里写尽沧桑
白发中挂满知足
一生勤劳持家
毫无一丝怨言
行动虽已迟缓
大爱永远无疆

母　亲

依旧记得
儿时惊醒的梦里
呼喊着
您的名字——母亲

烈日炙烤着
大地，和您的身体
而你低头，看到的是
禾苗，成长的希望

冬风刮起沙石
您冰凉的手指迎着刺骨的寒冷
紧抱着孩子，将温暖传递，保存

雨水咆哮而来，冬雪片片而至
黑暗包裹天空
梦魇处处惊悚
您踩着泥泞
蹚过白雪，手持光明
将春暖花开的喜悦带给我们！

温暖的树

从我记事起
你就在那个位置
不用费多大的力气
便能望到你暖暖的身躯

风里,你拼命地抗争
即使枝丫摇摆得让人心疼
即使风过时留下凛冽的叫声
你的头永远昂起
注视天际

雨季,充满了你的欢喜
从天而降的每一滴
像棉花糖
从你的手上
分发到嫩枝绿芽里

雪来,你咬紧了牙
守护着从头到脚的生命
当树干、细枝发出欢乐时

你向天的脸露出的是慈祥

从我记事起
你就在那个位置
你的皱纹深深地写满了沧桑
每一寸沧桑里包裹着深沉的爱意

你的笑

如果忧郁布满了天际
你的笑
打开了天空的盒子
随手一扬,世界便五彩斑斓

如果黑暗凝结在屋顶
你的笑
点亮了太阳,光明开启的一瞬
哪里的阴霾都无处躲藏

如果寂静包裹着纷扰
你的笑
划破夜的黑幕
四散溅起的火花,朵朵都是希望

如果时光留下过痕迹
你的笑
灿烂地绽放在,分秒的刻度上
而后
通往远方的路上总会充盈着力量

七月与母亲

七月的天啊
闷热得让人大汗淋漓
干燥的让村头的大狗直喘着粗气
而我光着脚丫
在地垄边的阴凉处充满了怨气

还不能回家吗?
讨厌的妈妈
嘴里嘟囔着
抬头看着远处的母亲

过了明媚期的阳光
像一个发了狂的怨妇
把周遭变成了火炉
母亲头上的手帕
早已在干湿之间往复了若干次

皮肤经受着暴晒
她依然在劳作着
像是故意与炎热对抗

不知听了多少次知了的
尖叫
母亲才向我走来
面带笑容又略有歉意
亲吻着我的额头

我心里一阵欢喜
终于要踏上回家的路了

如果，父亲在

如果，父亲在
定能看到
儿媳妇是他曾经见过的
温柔、善良的姑娘
笑着接受，结婚典礼上
儿子和儿媳的跪拜

如果，父亲在
定会笑迎
我可爱的女儿、儿子，他的孙儿们
孩子的微笑、哭闹，都将融入暖暖的爱
因为他是我的父亲
孩子的爷爷

如果，父亲在
勤劳的双手
忙里忙外，为儿搭台，谋划未来
再拍去身上的
故乡的土
然后，为新生活添砖加彩

母亲，你还好吗？

入夜的梦乡，不长
我的思念长成一团
独自凝望远方
落寞里藏着母亲的温暖

童年的哭泣
只有这怀抱才能彻夜心安
听不懂哼唱的歌曲
却听得懂母爱慈祥的韵律

成年的忧郁
只有这温柔的劝解才能释然
何需深奥的道理
却把朴实的语言刻在心坎儿里

窗外，瑟瑟的寒风
吹落树叶最后的倔强
猝不及防的冬雪，飘落
母亲，你还好吗？

思念的印记

父亲，我把思念
汇成天边的白云
只为您低头的刹那
看见我
想您的泪滴

父亲，我把委屈用绿草
拧成一股绳
铺在水里
只为在河的尽头
您能触手可及
然后，把抚慰传递

父亲，我把喜悦做成礼花
在月明星稀的夜晚
对天空放了出去
让您的心
一同欢喜

父亲，我把千万次呼唤

撒向天际
可回响的山谷里
收不到
您一丝的信息

十六年了,岁月无痕
我的心里满是您的印记

宝贝,你的背影

宝贝,你回头再见
我挥手致意
你转身而去的刹那
我心起涟漪
我想起
你出生时我的狂喜
你响亮的哭声
让产房外的我
心终于落地
第一次抱你
第一次吻你
第一次为你换上新衣
我幸福的脸
笑对人生的每一次呼吸

我把春天的种子捧起
撒在无垠的田野里
我把夏天的鲜花采集
装在心底
我把秋天的果实收起

挂在温暖的房间里
我把冬天的雪花堆成雪人
封存在相片里
而你纯真的笑
和我们一起走过了
每一个四季

现在,你瘦小的身体
背着未来前行
我们,酸楚的心
藏着此刻的
五味杂陈
你的背影
和脚步一样的坚定
宝贝,祝福你
你是雄鹰
天空才是你追逐的高度
你是猛虎
森林才是你梦想的国度

闭眼三省

独　处

难得的寂静里
每一缕思绪都伏在地面延伸
直至,望不到边际
宇宙如目所能及的圆球
滚动着带走了,烦恼
跳跃着砸碎了,遗憾
温暖着融化了,沮丧
托举着改变了,失望
我轻松的如卸甲的士兵对月而立
呐喊,厮杀,刀光剑影
统统被碾压在历史的车辙里
微风吹过的心海
世界静谧,没有回响

此刻,我逢着久违的草原
辽阔的嫩绿里略带花香
我逢着俊俏的高山
直冲云霄的气势里伴着震撼
我逢着滚滚东流的长江
涛涛的逝水带走了心底的尘埃

而我也逢着了自己
清雅的没有一丝江湖气
纯粹的泛不起些许涟漪

感　悟

向前走一段距离
才有回首过往的空间
所有的故事跳跃着
组成经历
抓取任意一段放在舞台
台下心动的,怕是寥寥无几

如果这世界
真的存在永恒
我希望把回眸的刹那
制成碟片,存放在心底
那里,有一台播放机,只为自己

走走停停的步履
有留存,有抛弃
不论结局,终会填充在生活的角落里
谈什么过不去
那全是为自己找的茬
擞一擞吧,昨晚跌落的雨水
恰好融化了失眠的焦虑

不要悲观

总想拿上帝给你的东西
来嘲笑自己
就像夜里昙花一样,只开瞬间
仿佛怕人斥责,怕人羞辱

不要悲观
即使不做高悬枝头的牡丹
炫耀自己,也要做那纯洁的月季
一缕清风,让幽香溢满人间

不要悲观
当太阳升起的时候
不要担心日落会马上来临
要相信,日落后的天空里
将出现闪烁的繁星和淡雅的月亮

格　局

当你低头的瞬间
周围便竖起来一面面墙
世界便在方寸之间
何须走动?
你的影子塞满了缝隙

当你眺望的刹那
哪有什么边界
目所不及的远方
充满了希望
天边的彩虹挂在了吉他上
当你伸手触碰时
弹出的是五彩斑斓的灵魂

后　悔

咆哮、怒吼不过是抑制不住的
海浪，冲向堤岸
迎着强有力的根基
退却是唯一的归宿
张牙舞爪的架势丝毫起不到任何作用

包裹着柔软的强硬，终究
持续不了多久
炽热的炉火照映着瑟瑟发抖的身躯
当温度降下来的时候
一切都变得空旷
清澈透亮的世界里云烟散尽

长吁短叹接踵而至
掐掉烟头的刹那，泪水滴下
流到味蕾处，终究苦涩
藏在心底的呼唤，你可曾听到？
这该死的，可憎的面孔
终究，飘过的是一片阴云

朦　胧

朦胧的背后
美好几何，邪恶几分？
何曾知道

我宁愿相信
远处的白雾里
满是，灯火照耀
灯火照耀里满是阳光、朝气

天知道
目光穿不透的那里
有没有哭喊、嚎叫
有没有愤怒、仇恨
但一眼望去终究是寂静的

大树像是守卫次第站立
纷繁的心暂且
歇息吧，不去猜测、揣摩
但愿全是美好
伸手触摸没有触碰感
只有朦胧的美

凝　视

把所有的心事
揉进眼睛
然后抛向了远方

忽而
那阴沉、那云雾、那水气
阻挡着
没有一丝光亮
银河外可有世外桃源
倘若有
我愿骑着村头瘦马
备足了干粮
飞奔而去

忽而
枝头落满了不知名的鸟儿
欢喜地歌唱
凌乱的树枝是它们
欢聚的舞台
一树的花朵装扮着

谁也不用化妆
只管尽情地歌唱吧
把深埋心底的芬芳吐出来

忽而
世界停止了
略过的风戛然而止
遛狗的路人和狗,定格
一切生动都抵不过
内心翻腾
五脏六腑里的房子
血管里的路
谈什么漂亮
只要波澜过后的平静

前　行

我们前行
沿着希望的光明
一路的风景
让未来模糊不清
翩翩的彩蝶
迷惑了坚定的信心
在错误的方向
度过了
无数个月缺阴晴
擦亮眼睛
冉起的旭日
敲打着心灵
矫健的双脚
踏着朝阳的福音
飞奔

前进吧
不为片刻的安宁
只为执着后的
色彩缤纷！

思 绪

托着腮帮子
在大脑的宇宙里搜寻

有时,星汉灿烂
随意伸出手
便能摘取

有时,流星漫天
星宿美丽
但一瞬即失

有时,阴云遍布
任你四下寻觅
仍抵不过黑暗的脉络

我只是端坐
把心灵的空洞
抓在手里,揉碎
然后,抛洒在
几亿光年的外太空里

闭眼时
思绪便回来了

岁　月

起初
清新、淡雅
像风中摇摆的茉莉花

而后
像天边矗立的彩虹塔
让人向往,迈开追逐的步伐

后来
是刻着年轮的拐杖
孤独地靠在墙根儿,诉说沧桑

台 阶

这原本没有路
只是砍掉荆棘后
眼底通向了远方

没有了遮挡
希望,从脚下开始
当你一点点安放
生命延伸

苔藓布满了
浓郁的湿包围着
额头渗出的汗
连同山涧的小溪
与你为伴

心里从不数脚印
管什么农民、挑夫、游人……
所有的来客都让人兴奋

别笑棱角磨平
那不过是岁月给我的烙印

独处狂语

见 闻

蜿蜒的山，起伏
枯草的被
盖满了荒芜
零星的雪
浸润
植被的根部
太阳驱散
阴霾、水雾
沉睡的草木
舒展筋骨
乘着黑的夜幕
开启新的征途

只待冰冷遣尽
春风即来
土地便一汪碧绿

觉　察

别再大喊大叫,对着身边的草
镰刀所到之处,全是残酷
疼痛也有默默的时候

站上花朵的蜜蜂没有笑声
忙碌占据了它的大脑
味觉里的新鲜能屏蔽一切

隔壁的牵牛花从夜里就开始
期盼次日的阳光
飘来的乌云包揽了它所有的沮丧

我提着菜篮走过
让我微笑的不是路过的玉米
而是,满眼的豆角和红透了的番茄

枯坐

像一个没有思想的木偶
除了眼睛转动和一息尚存
兴趣如害羞的姑娘
躲在时间的流里,怎么唤,都不出来

窗外的吵闹和汽车的鸣笛声
丝毫翻不起一丝波浪
焦躁主宰的大脑,指挥着双腿来回踱步
挠着油腻的头发坐立不安

回来吧,飘走的思绪
我尝试思考儿时村庄的小溪
那里存着我无尽的梦想
和飞出去的勇气,除了流水声,一无所获

储备的知识库里
每一个抽屉都是空的
像是捉迷藏,我连一个词语都找不出来
像中了魔怔,一直枯坐

困　境

高高的围墙，矗立着
没有一丝光亮进来
抬头仰望
这巴掌大的天空里，生机呢？

夜晚的灯火照进梦里
条条大路直通远方
意气风发的少年
骑着骏马追逐梦想

梦醒时，只有老树昏鸦
却不见流水人家
思维在茫茫沙漠里游走
向导，聪明的，何时才会出现？

旅　行

原地踏步地思考
从来就冲不破
固有的藩篱
端坐着,连周遭的气味都让人
枯燥无聊,所见不过在
脚步丈量的方寸之间

还是去旅行吧
迈出的步伐向前
当脚底亲吻大地
每一丝都充满了新鲜

走过山川
绵延、起伏、巍峨
航行大海
辽阔、无边、震撼

灵魂跳跃的路上
有谁不是,把深邃安放在
生命的每一段长河里

迷　茫

天空是阴暗的
我用尽全力
也拨不开,云朵
原野是宽广的
我努力奔跑
也找不到,方向

小鸟飞向彩虹
蚂蚁奔向食物
可是,王的宫殿呢?
踩不到
缥缈的阶梯
摸不到
宏伟的浮雕

究竟
飘香的美味
是否,远隔千里
悦耳的琴声
能否,唤醒
人生的精彩

莫名的哭

独自静坐
想给心灵砌了一堵墙
屏蔽人声鼎沸,车水马龙
眼前一片空旷,世界戛然而止

大脑的空白处
比比皆是
像是算好了泪水的降临
来吧,泪水,有多少都能放的下

浮躁、委屈、悔恨、高傲
……
分不清,理还乱
凝结在一起,横亘在心间

重重地砸下来了
然后,化作泪
流过了脸颊,心田
洒在了苍茫的大地之间
如释重负

年　轮

从不刻意地去数
只是，有意或无意地生活着
有谁知道，背负的时间轴
时分秒的针在飞奔

儿时高大的房门，渐渐矮了
稚嫩的小手变得宽大
田野无邪的笑声，回荡着
变成永久的回忆

年轻是一汪清泉，碧波荡漾
随意抛洒的泉
倒映着肆意的莽撞
而后，落下的是青春的泪

蹒跚而来的你
不过是儿时学步的重演
当颤抖的手抚摸走过的岁月
年轮清晰地呈现出过去、现在和以后

颓　废

没有窗户的世界
心房没有一丝光亮
酒精的麻醉
忘却所有的色彩

粗鲁的语言发泄着
对面不过是摇晃的路灯
地面的冰冷
混着，所有异样的眼神

一片空白
除了流浪狗舔上来的舌头
一片空白
除了天空朦胧的星宿

心如刀绞的琐碎
挤压着正常的思维
如果酣睡是一剂良药
就让梦，成全心灵的寂静

我不会写诗了

我不会写诗了
把所有的储存翻尽
不过
杂草丛生
一片枯萎
就这么呆坐着
思绪飞转
上九天寻觅
下五洋探索
终是空空如也

我不会写诗了
远处飞来的小鸟啊
你何时能带给我
多彩斑斓的新视界
我又如何寻找
你留存的记号
我宁愿相信所有的空白
只是清晨醒后未来得及开启那扇窗

我不会写诗了
把过去绘制好的江河山川
抹去,重新拿一张白纸
眼花缭乱的世界,哪一个刹那
才值得书写?
怕是一种等待、一种缘分

欲　望

追逐蝴蝶
为着彩色的翅膀
旋转扭曲的扑打着
地球引力下
谈何容易

追逐太阳
为着那冬日的温暖
在黎明里奔跑
只为双手捧着的光

追逐梦想
为着深藏心底的殿堂
与光阴较劲时
手心攥出的汗
散发着欲望

勇猛的艰难,袭来
酷暑、严寒、泥泞、忧伤
挡不住无畏的火焰

缘　分

我是佛前的一朵莲
修炼了五百年
在仙气四溢的宝殿里,与书童为伴
不知是谁,不小心的捉弄
将我打翻
让我一睁眼,便来到了人间

希望逢着一位姑娘
撑着油纸伞
走在江南的雨巷
希望逢着一位儿郎
手持书卷
沉浸在西湖岸边

但我碰到了你
优雅的,一颦一笑间给人以温暖
而你也碰到了我
聪明的,举手投足间给人以期盼

久远乡里

故乡

车轮滚滚
溅起的泥泞
像是列队欢迎

看到了——
故乡的天空里
满是白云

每一朵
都装满了儿时的梦
每一缕炊烟
顺着风向升腾

脚,亲吻着
故土的平原、山沟
暖流顺着脚趾
涌上了心头

重叠的脚印里
镌刻着

欢笑、奔跑、嘶吼
田间庄稼里
鲜花探头

村口夕阳的红光
照着壮硕的牛
故乡,美不胜收

两头攥着的路

梦里无数次出现
走、跑、跳……
在这无名的路上撒欢
跌倒的疼痛,是暂时的
蝴蝶飞过的时光,笑容灿烂

可是,时间和空间
是最好的阻隔
很久没有踏入你的范围
像脸庞长出的胡茬
你周围的草,绿了又枯了

我挑着给爹娘送的饭
踩着你壮硕的身躯
周遭空无一人
所有的恐惧都淹没了
那是你给我的勇气

我常在回家时变换轨迹
像是随机,或者即兴

但我从不担心
因为,你的一头攥在我的手里
另一头就是目的地

无名的小路

横七竖八地躺着
脚步所到之处丈量
斑斑泥土裸露着
脚底亲吻路面触发大地芳香

没有红绿灯
欢快的脚步自由前行
没有照明灯
畅快的心灵享受大地之光

我轻盈地行着
心事一缕缕整理而出
时下纷扰、儿时欢愉,交织
所有的缠绕被这小路
一一解锁

明亮的月

小时候,坐在门前抬头望
不见太阳的刺眼
只有你,温柔的抚慰
我喃喃地和你细语
把一整天的开心和烦恼传递
你微笑着静静地聆听
我知道
你定是传诵千年的嫦娥姑娘

长大后,爬到高高的山头
对着你挥舞着双手
倾诉现实的煎熬
但你的明亮,分明是鼓励
我的眼里充满了青春的忧郁
你轻轻地为我拭去心头的泪滴

如今,你依旧如儿时记忆
明亮无比
所有的都已老去
母亲的白发、父亲的背影

早已破败的土窑洞
和窑洞里褪了色的老照片

岁月消磨了青春
而往事长存于记忆
这明亮的月啊
用寒光驱赶黑暗
用宁静勾起了思绪万千

回 忆

是一台时光机
启动“倒带”的那刻
所有的过去都会想起
过往的点滴似银河
每一处都,斑驳陆离
似暗夜里的萤火虫
闪闪发亮

童年,追着柳絮
无忧无虑
听着鹧鸪鸟的叫声,好奇
想着燕子的轨迹
疑惑四季
静静地躺在地上
任蝴蝶掠过眼前
牛羊追逐嬉戏

少年,所有的声音都是
好好学习
每一束目光里都充满了期许

将书本看作蜂蜜
用尽力气喝了下去
年少如斯
也曾把青春当做轻狂的盘缠
撒在了不知名的田里

成年，迎接上帝的馈赠
拥抱家庭
用双手撑起一片天地
管他白日夜里
把愁怨用香烟点燃
化作灰烬飞去
把忧郁用酒精消溶
让风吹离
抖落身上的尘土
踏上征途
管他多少拦路虎

老年，夕阳余晖里跳舞
把往事制成影集
每一张都很清晰
把遗憾放入棋局
每一步都是一种算计

把得意种成鲜花
每一朵都香气四溢

可回忆是一部影片
步步惊心的情节里
主角是你

把“影片”放入时光机吧
时常跳跃,时常倒带
在记忆的往复里
夕阳落去

老　宅

房子的主体终于砌好了
工人们嬉笑着
洗手、吃饭
父亲满意地站着
审视着,像极了手艺人

门头的砖不够
后墙的水泥没有着落
明天的工作该怎么安排?
母亲唠叨着
父亲的烟已经烧到了手指

家里人叹着气
钱该到哪里去弄
忽然,拖拉机把砖拉来
水泥也来了
一夜未归的父亲笑着进来了

谁都不知道父亲的双脚
究竟丈量了方圆多少里路

如期完工的老宅里
有一块墙变成了记账本
若干年后父亲一笔一笔地抹了去

灵感的形体

像是随意飞翔的鸟儿
没有固定的轨迹
像是夜空划过的流星
来无征兆,去无归期
曾踩着时间的阶梯
去寻觅
到最后,捡不起
碎了一地的思绪

皱起的眉头藏在黑暗里
香烟的火星
顺着手指
飞进了灵感的中心区
脑海里金花四溢
僵硬的笔不再犹豫
敞开吧
张开双臂拥抱彩虹的开启

奇幻的漂泊

风吹起来的那一刻,滚动不由自主
老家的大门开着,庭院没有阻碍
回头踉跄几步算一丝留恋
终得离开,为着未知的前程

路见过很多,笔直的、崎岖的
一切都算作经历
或多或少的停留不取决于自己
都会记在生命的账本里

白昼的光由暖到冷
夜晚的星空炫丽,或者消沉
一望无际的轴线,前进
无所谓欣喜、沮丧的表情

沙漠的柔软、草原的辽远
回荡着一路高歌
江南烟雨里的水墨丹青
埋藏着浅吟低唱的心酸和泪波

童 年

湛蓝的天空
飘着云
和煦的微风
吹着眼
我们奔跑在
希望的田野上

路边的喇叭花
摇摆着
缕缕的香气
点缀了生活
清新了空气

蒲公英的絮球
捧在手边
散落的絮
摆脱了手掌
自由了思想

飞舞的蝴蝶

落在肩上
七彩的翅膀
装饰了天边
美丽了梦乡
然后，轻轻飞远

我们追逐、呐喊
将纯真留在童年

游　子

我一路前行
只为追寻东南西北的风景
北方的辽阔里，有我
狭小的寂寞的城
江南的精致里，藏着
无边的忧郁的眼神

意气风发的列车
呼啸而过
但暗夜里留下的每一次震动
都让人惊魂不定

我是个游子
故乡，深埋着我的根

致我的同乡伙伴

同一片天空
午阳河畔
河水清涧
潺潺的水声
是我们
嬉闹的伴奏曲
掠过的无名鸟
是我们凝望的对象
向往的目标

我常常
在南山的北风里呼喊
你日日
在北坡的阳光里吟唱
隔着我们亲爱的村庄
满山的荆棘
挡不住我们奔跑
炙热的阳光
是我们手中的温暖

兄弟(姐妹)
当书桌的笑声
在脑海回响
泛黄的试卷
纳入记忆的摇篮
你是否想念
飞到远方的无名鸟
而我
在穿越南北的列车上
将你们的名字
连同那美好的时光
想了一遍一遍

流动时光

眺　望

常常在远方
眺望

美丽风景
撩动，心弦

鲜艳的色彩
如精灵的变幻
在空中发散
那片刻的停留
不是终点
恰是通往梦想的光

扶摇直上
透过黑暗夜
银河系的星宿
也为这呐喊！

城市的街头

这金丝带般的大街,黑暗衬托了艳丽
车流的拥挤诉说着繁华
如果岁月的忧伤爬满了额头
那吹来的阵阵冷风夹杂着酸楚

面前的烟头冒着火星
一个、两个、三个……像一个小山包
不知是谁,把挣扎铺了一地
然后转身离去

冰冷的空气裹挟着孤独
撕裂厚厚的衣服
如果呆呆的站立一直持续
那僵硬的躯体只会慢慢死去

走出来吧,家乡雄壮的大山
无论浓妆还是土布,永远能给你坚毅
村边的小溪顺着你的方向流去
那是歌唱,是欢送,是永恒的希冀

把所有的友好抱在怀里
寒冷怎抵得过滚烫的热泪
路灯、霓虹，一切光明包围着
敞开胸怀，去拥抱未来

放慢脚步

你可曾放慢脚步
眼前,古筝响起
躁动的心灵
瞬间,静谧
从四面八方飘落的尘埃
独自散了
散落在路边的草丛
桥下的池塘

前方的台阶微笑着
当脚接触时
那回响不是埋怨
是温柔的抚慰
而你享受时
世界越发空灵了

列车与铁轨

列车咯吱咯吱地作响
表达着
对铁轨的愤恨
这铁轨
设计了列车的一生

列车向往远处的
灯火辉煌
沉迷
广阔的草原
它好奇
崇山峻岭里
是否孕育着
神秘的宝藏
它憧憬
小山村的宁静
留恋于
路边美丽的小花儿

但铁轨

斩断了列车的
向往、好奇
割除了列车的
憧憬、留恋

铁轨也堆满了
一脸的仇怨
它不解
为何总是背着列车
一背就是一辈子
两条轨道
相邻的兄弟
送走了一列
又迎来了一车
终身无法企及
最基本的拥抱
它们平躺于
大地的四季
相互对望的眼神
满是犹豫

直到某天
列车被风掀翻

铁轨被沙子掩埋
彼此挣脱
成了永恒的作别
当列车的眼泪
透过沙子
沁湿了铁轨
那一刻
怀念、回忆
终将成为它们
余生的主题
甜蜜只是它们
短暂的过往

凝望天空

凝望着天空
夜的黑里,有一处
透着弱的光芒
那是你吗?
我亲爱的高堂

初冬的寒风略过
我不在乎它的凛冽
心向着那光芒
仿佛像你的笑颜
勾起了,片片思念

耳畔的叮咛响起
我的泪落在脸庞,结成了
刺骨的冰
风努力地吹
但我依旧温暖

伤痕累累地活着

布满荆棘的路上赤脚前行
向着梦想的列车
脚底的伤口刺痛着
别在意,向前看,那里是远方

委屈如憋久了的泪滴
酸了鼻尖,红了眼眶,
当转身离去时,昂起的头
才是勇敢的标志

愤怒伴随着咆哮
片刻的冲动
随时会被理性压制
发泄过后,平复的心回归

五味的人生
与其说折磨,莫如说考验
当你低头抬头的那一刻
只为伤痕累累地活着

忘却都市的喧嚣

清晨的阳光
刺破昨天的梦魇
疲惫的身心
随着太阳,跃起
奔跑在宽广的大街上
我只是世界的沧海一粟

不名而来的礼炮声里
心静静的
在洗菜的水龙头里
清水哗哗
如故乡潺潺的小溪
流在心里
那一涧的清水
洗净了我
沾满尘土的身躯
略显憔悴的心灵

整束行装
行走在古村宅院

我们，在路上

一

厚厚的眼镜片
游走在杂乱的稿件之间
拿起、停留、放下、叹气
精彩的文稿总是难觅

滴答的时间那头儿
堆满了，师生热切的期盼
搜寻的脚步不停
终会到达终点
那里，时常有欣喜的笑容，泛起

把所有的力量，聚焦字符
批红、标注过后
版面的空间上
哪里还容得下错误

一张张报纸
像极了发光的宝石

如果不是
夜以继日的辛劳
怎会有彻夜不眠的兴奋

二

装起来吧,背起行囊出发
满满的自信像,一团火
阻挡了,入夜的寒冷
绿皮车的响声和晃动
抚慰着思绪

空白的区域需要建站
建站的区域需要有量
紧凑的行程在脑海翻来覆去

独自站在街头
香烟似伴侣
在撩起的云雾里,彼此对语
如果明天的谈判不能继续
我们的下一站会在哪里?

哀叹里的倔强是主角
布满血丝的双眼看到的希望

像清晨的光
一缕缕铺满，前行的路

三

午夜的城市在睡眠
独有的车间，彻夜繁忙
一捆捆报纸被扎好、包装
谁在乎平板车的来回
究竟有多少趟
只有轱辘不停地旋转

这凝结的空气
密密麻麻地写着两个字：忙碌

快递、物流，一排排货物
奔赴四方
疲惫的笑容绽放
任谁也不用言语的心
就此落地

四

四开的版啊，像秘籍

指引着工匠
雕琢璞玉
镌刻自己
然后,在桃李芬芳的季节里
不期而遇

孩子们摊开了练习
绘着彩的图画和着铅字
溢出了双眼
洒落在祖国各地

字,张开了笑颜
图,演成了动画
音频的曲调里蹦出了
新媒体

3D打印、无人机
未来教育无时不在
创造,新的奇迹

万物互联的世界
我们岂能躲避
敞开怀抱
这里有属于我们的新天地

五

时间的车轮走过四季
猛然回首
服务的学生一批一批
我们和朝阳,站在一起

曾经的筚路蓝缕
执着了信念
而今,乘风破浪的大船里
我们同舟共济

给心灵一次旅行

让思绪穿越古今
阁楼巧妙
窗花精雕
门庭威严挂高匾

主人狂欢
仆人奔忙
闺房灯明等儿郎
高墙古瓦
枯树屋檐
踏着台阶与历史对言

逃离喧嚣
策马奔跑
心田绿草广袤
托起白云与天空拥抱

致即将逝去的春雪

年前的冬天不算冷
口罩下的人们都在等
阴天里的雾霾
雾霾里的阴
常常,分不清

冬天在盼
因为你是它存在的
最好的表现
它让风吹来北极的寒冷
它让云积聚的,满城朦胧
它让小雪铺了薄薄的一层层
可终究没有盼到
你的光临

小草的根躲在枯叶下
祈求神明
庄稼在田里
口渴难忍
山川光着膀子,嘶鸣

而你,从来不为别人的行为
有半分的松动

你甩开了冬的牢笼
去追更喜欢的春
你在春的厅堂里飘然而至
用最擅长的舞姿
迷倒了众人
你让树披上了银装
你让天地连成一片
你把黑暗驱赶
你让人们露出了
欢乐的笑脸

有人说太阳是你的死神
有人说阳光是你涅槃的化身
可你化成水的刹那
空气清新地让人闭目深吸
大地散发着勃勃的生机

有人说你是冬的恋人
却投入春的怀抱
有人说你跨越了四季的界限

完全失了礼貌
不必在乎他们的冷眼狂嚎
因为你来得,刚刚好

你的消融就是你的逝去
你和夜晚开放的昙花一样
悄无声息
你和燃起的烟火一样
绚丽
你和天上划过的流星一样
足以让所有的人
怀念无比

凝望之语

花和树

不知名的花
在草丛中眺望
秋风脱去了
树的盛装
曾经的傲慢
如今，只剩凄凉

夏天
满身的绿叶
包裹着树干
树昂着头
冷酷、傲慢、威严
远处的花
不及树枝上伸出的细线
但花香弥漫
芬芳了路人的眼

树总以高大
压制，花的娇小
花总拿艳丽

羞辱，树的粗糙
太阳知道
胜负岂能如此比较

当秋风袭来
高大顷刻枯萎
花香瞬间消散
落叶曾是树坚强的臂膀
残花也曾发出阵阵芳香
生命轮回
花凋零，树枯去
寒冬季节无痕迹！

黄　山

弥漫的白雾是升腾的仙气
飘飘而行在没有沟壑的
山林之中
这人间的瑶池散发着仙界的魅力

驻足凝视远方
喧嚣、纷扰，跌落脚下
何须呐喊、嘶鸣
心灵早已脱胎换骨

渐起的日光像一把利剑
劈开岩石，树便从石缝里
钻出，怕什么风雨交加
根早已抱紧了顽石几千年

出家人的咏诵穿越古今
帝王的朝拜与黎民一并躬身
沧海桑田里
不变的是迎客松

所有的昆虫发出声响
似鼓掌，似阻挡
谁在意？不过是
冲锋前的乐章

落　叶

枯黄的身躯颤抖着
秋雨后的大地冰冷销骨
像极了故乡的矮墙
荷花凋落的池塘
昨夜没有星星
除了昏暗的路灯
和路灯下泛起的尘埃

北风吹起的萧瑟包裹着世界
包裹着遥不可及的往昔沧桑和哭泣的梦魇
鸟鸣、蝶舞、虫飞、花放
统统被黑暗噬去
我悲伤的眼神扫过凋零的花儿
孤独的河堤一如往常的冷峻
远处摇曳的狗尾巴草
隔着朦胧的雾给我安慰

周围陌生的土地渐渐熟悉
熟悉于它的匆忙
熟悉于它的压抑

熟悉于它的每一份焦虑
我仰天而躺的身躯里
藏着花期、小溪
和满山的牛羊、奔跑的马驹
……
你知道严寒冰冻的日子之后
便是春天的归期

满天星

抬头看深邃的天空
今夜的星宿怕是在聚会
布满了我的眼
光亮的、光弱的、快速划过的

我试图去数它
却发现
一颗颗星星变成了
一点点回忆

回忆，标明了年份
儿时的样子陡然清晰
奶声奶气地喊声里
夹杂着父亲的气息

爸爸，最左边的
那颗星星真亮
我的手，指向了天空
却没有听到父亲的回复

我的泪慢慢落下
打湿了脸庞
变成了思念
爸爸,你能感受到吗?

我知道
你是这星宿

火　苗

火柴划过的刹那
便有了光明
即使黑暗像一张大幕
但这星火足以给人信心

风呼呼地吹着
像是全副武装的大汉
但再大的蛮力也抵不过
火的坚强

这夜的雨
把尘土灌成了泥泞
如何能改变
火苗方向

高山横亘，低谷凹陷
黑暗的外衣
只会让
火苗烧得更亮

那一片云

厚厚的云层包围着,如果不是细心地观察,
很少有人能发现
像混迹魔方的小颗粒,用心的人才能发掘

我在院子里望着天空
鸟儿在空中徘徊、停留,小嘴张开诉说着
无法猜测,终需凝视一刻

田野的孩童手里抓着狗尾巴草
追逐、嬉戏,那河里的水
不就是你昨夜掉下的泪滴吗?

阳光照射过来,热烈奔放地照射
高山露出了笑脸,草原上花草点着头
一切,像极了梦中的场景

我在村头和你对视
如果不是雷声,猛然催来了乌云
怕是这场诉说还会持续很久

淅沥的雨

淅沥的雨
淋湿了
发梢儿、鼻尖儿、心坎儿
滋润了
友谊的柔软儿

杯里的红酒飘摇
锅里的饭菜煮沸
嘴里的回忆和着泪水
一起将青春咀嚼、品味
脸庞、手背
褪去了少男少女的花蕾
欢乐的笑
透着一份历久的珍贵

宽敞的空间
整齐的桌椅
墙上壁画里的少女
快要打烊的餐厅
注视着我们的一言一语

窗外冷风秋雨
树叶泛黄
撒落一地
此刻,内心的阳光
充满诗意
而我们的笑
和美酒一样甜蜜

朋友,干杯
愿友谊
永远,敞开心扉

小　草

寒风渐渐散去
迎着光的白雪,消融
枯黄的长草
飘了一个冬天
把种子撒在了,这里
这里,贫瘠的全是石头
陡峭的全是峭壁
只有高大的松树
时不时地挥手致意
觅食的鸟儿
将种子啄来啄去

春天来了
脚下的河水东流
石缝里仅有的土壤
孕育着希望
在希望的细雨里
草色青青
冽风飘过岩石
刺耳的呼啸
是天空失败的嘶吼
抑或为小草庆功

星　空

太阳落下
月亮爬上了树梢
天空绚烂
满是星辰闪烁

云朵飘散着
为这缤纷
扯开了大幕

星宿闪耀
透着最美的光
一簇一簇
编织着图案

这大美的景象
是仙女妙曼的舞姿
天兵操演的军威

远处的星点
害羞地躲闪

不知是谁
推了一把

天宫深处的仙女
化作一束白光
一闪而过

这瞬时的光
美丽了天空
烂漫了
恋人的心境

星 宿

再贫瘠的土地
都渴望郁郁葱葱
再广袤的沙漠
也期盼拥有鲜花和绿荫
你呢？银河系的星宿

苍茫的宇宙
闪烁，是星宿的常态
如果眼界停留在表层
光芒不过只是刺眼而已
若是转动被思想禁足
偌大的空间也与子无关

漫无目的的游离
不是探索，而是填补空虚
向前，或者向后
心房可有标注的位置？
光芒的闪耀
不是印证存在
而是，奋勇前行的状态

叶　子

寒冷未去,嫩芽新出
是倔强延续了,生命
风呼啸而过,一丝温暖残存
紧咬牙关的背后,藏着一个高傲的灵魂
努力吸收水分
为这渺小的、不知名的身躯
黑白交替的世界里
孤独从来都是绕不开的话题
即使周围围着一群兄弟

赞美、讽刺、吹捧、挖苦
充斥在时间的长河里
岿然不动的心态
才能使自己长的茁壮
活的精彩,这是身旁鸟儿的鼓励
秋意渐浓,水分干涸
泛黄的记忆和泛黄的身躯
一同凋零,飘落在诗人的手里
制成了标本,那粗壮的结构
是诉说,倔强的象征

人生信念

君子之交

没有铜臭味
把最原始的想念
藏在心底
时常温习

一声淡淡的问候
足以把烦躁
冲击的破碎支离

岁月累积的像账本
高高地挡住了视线
却清晰了过往的点滴

如果相见成为奢望
那若干年后
心里定会露出一块望君石

爱与痛

肆虐的风刮着,飞沙走石掠过
门窗咯吱咯吱地,拼命
屋里暖汇集着,将你团团围住
别怕,你在心灵最暖的地方站立
所有的暴风雨休想
触碰到你

劳累是暂时的,靠着大树片刻休息
再出发,前方的目标遥不可及
没有关系,心底留存着爱意
尽情嘲讽这一路的衣衫褴褛吧
那些言语对我
毫无意义

你在心底魔性的漫无目的
撕扯着底线,那些疼痛无语
却留下了无尽的伤痕
捧起所有的爱吧
再深刻的痛,也抵不过无限的爱

尘　埃

谁关心这来龙去脉
不过是偌大空间里细小的一粒
走南闯北的轨迹
没有定律
漂流
向着光明而去

拥挤是固有的阻碍
阳光的照射不是炎热,是警示
密密麻麻的世界里
停滞过后,下坠,消亡随之而来

鼓足勇气
飞奔
长路漫漫
前行的脚步不停
匆忙中,拼得一路辉煌

憧 憬

埋头在烈日下前行
汗水滴进了每一个脚印
太阳像一团熊熊的大火
烤着我的头、我的腰、我的双脚
但我从不止步
只在心里装满了憧憬
憧憬微风
憧憬乌云
憧憬瓢泼的大雨
憧憬前方的阴凉

夜的寂静如帆船
载着我驶向浩瀚的大海
台风掀起巨浪
浪花拍着我的胸膛
但我奋力向前
前方有我憧憬的秦汉
前方有唐诗宋词的华章
还有古希腊的苍凉
爱琴海的哀伤

方　向

身在
纷扰的迷宫
看不清
日出
日落
深的夜
满天的星辰
闪烁
哪一颗
才是照亮前程
的慧灯

拂面的风
停一停
让我
抓住你
飞舞的衣袖
祈求赐予
我凌厉的风刀
劈开黑暗
远处的光
便是
指引我的方向

良　药

街角的脚印
即使雨水经过
依旧,清晰可见

墙体的镜子
即使布满了灰尘
依旧,映得出忧伤

空旷的田野
即使北风呼啸
依旧,听得到哀叹

可你的笑是救世主的安排吗?
恰逢其时的到来

脚印变成了浪漫的见证
睫毛扫去了灰尘
然后把哀叹变成了
幸福的模样

牙齿砌成围墙
扬起的嘴角吐出了,梅花的香

轮　回

撬开硬壳的
总是绿芽
叶子顺着芽儿
慢慢长大
大到枝丫都得分叉
横竖曲折的杈头
孕育着花

花，汲取了所有的
营养
缤纷、鲜艳
艳到让人不知
果实的到来

嫩嫩的果子
脱掉了花的帽
果皮顶着柔软的色
向天空告白
种子熟了

雾 行

这阴的,天
满眼的雾
无暇去,看清
每一张脸庞
只在乎匆匆的脚步

天空的水露
凝结的,一簇簇
遥望,远处的山
躲在了灰幕之处
铁轨径直而去
向着那山、那幕
溢出了双眼
却溢不出
心的方向和梦想的高度

心　绪

海面无风，平的是一面镜子
照着蓝天、白云，心中善念
海鸥俯冲时，没有恐惧
海张开了怀抱去包容和亲吻

风吹来刹那，冷气逼人
海水酝酿着，你能听到它内心澎湃
前后左右的拥挤、摩擦
情绪喷发，浪翻滚着向四周推去

我在岸边闭眼聆听
逐渐增大的响声震撼心灵
打开心门钻了进去
原来，心和这海浪一样

信　念

漆黑的夜，漫长
我守着你
驱走了，寂寞惆怅
颠簸的路，遥远
我望着你
踏过了，万水千山

我也曾迷茫
可你在心底
为我，划好了航线
无论多远
都能在
理想的路上，飞翔

常常梦到自己对战
却发现，对方
无比的强壮
你为我呐喊
鼓起勇气的瞬间
我便，一往无前

成功有多远
没有人去丈量
信念的光芒
将路
照得透亮

甲午国殇

甲午海战的硝烟
打破了慈禧的春梦
震怒在所难免了
弹丸小国
不自量力
宣战
话音刚落
福寿膏的药劲儿便过去了

定远舰被击中
致远舰撞吉野
一字排开的北洋舰队
一战毁灭
瘫坐在龙椅的老佛爷
那一身恶人的胆碎了一地
烟枪扔了
左手拿着地契
右手拿着银子

富饶的土地,白花花的银子

倭寇一个都不放过
大笑着
像鞭子狠狠地抽着李中堂的脸
懦弱的哀求
不值一个铜板
讨价还价像是一粒石子
落入海里

压下去的身板，抬不起的腰杆儿
洋人、倭寇的咆哮像雷电
击中了清廷将倾的大厦和太后的脊梁
懦弱成就了任人宰割、水深火热的黑暗
仁人志士前仆后继，在泥潭里找寻光明

敦 煌

驼铃声声响彻天边的时候
传来的是缕缕穿越
是张骞出使西域的艰难
是汉胡和亲的忐忑
是霍去病追击的信号
是河西走廊贸易往来的见证

烈风狂沙响彻的地方,那是鸣沙山
长筒靴挡住了急切入侵的沙子
却挡不住一千多年的厮杀
明月照边关
大雪落弯刀
当将士血染沙场
马蹄声消失
在时间的河流里
月牙泉静静地旖旎

佛陀的脚步从月牙泉边就能听到
万里黄沙中,布满了他的足迹
当紫外线穿透云层射向地球的毛孔

你能看到蹒跚的步履化作飞天
飞向了莫高窟
虔诚的信徒看到了九色鹿
还有横卧的菩萨
他们手中的笔蘸起千年不褪的颜料
飞舞

云霄之外降临的佛界停留在这里
千手观音万尊佛陀
光晕环绕
美轮美奂
住在莫高窟洞修炼
雷音寺的晨钟暮鼓
提醒着日月更替
还有袅袅香火的供奉
千年宝藏的沉默被王道士的扫把打破
走来的是强盗
还有圆箓的愚昧和罪过

修缮？不过是内心羞愧的借口
盗贼一溜烟飞奔的尘土里藏着嘲笑和狂喜
王道士满足地数着仨瓜俩枣
却丢掉了价值连城的宝物
一百多年的冲刷也洗不净耻辱
却让大英博物馆的嚣张刺痛，泪流如注

生命哲思

马　路

当城市把喧嚣收起
马路的寂静不是高冷
倒像是被人鞭笞后的无声
默默地
脸上没有光彩

不是汽笛有意抛弃
当车轮和脚步声四起时
这阴沉的空气里
怕是,散发着病毒的气息

天空撒着寒意
阳光一直留在迷雾里
远处长长的队伍
在大白的面前慢慢缩短着

委屈一下吧
静默,不是阻挡烟火气
当人声再次响起
你迎接的是明天的川流不息

乞　丐

一双干枯的“黑手”
颤抖着
捧着一只沾满污垢的搪瓷缸
伸了进来
“老板……”

“他妈的……又来了”
满脸横肉间夹着两片油唇
溅起了唾沫星子
厚厚的“熊掌”
用力甩出了人民币——“两角”
甩进了瓷缸

乞丐,无力的双眼
瞪得睁圆
忽而,一切又泯灭了
泯灭在重重的叹息中了
慢慢地,慢慢地
收起了施舍,退到了街心

秋雨不是乌云的泪

秋雨飘零
雨滴湿润了山谷
湿润了
凌乱的舞步

窗外急促的滴答声
是警钟的长鸣
让花儿心跳
昆虫心惊
秋天的脚步走过
冬天的寒意
尾随而至

湿漉漉的绿叶上
不是泪水
是拼命前行的汗滴
花瓣上跌落的雨
不是凋谢
是走过鲜艳的花期

昆虫的叫声息了
它们正听着雨的歌唱
埋头建造着冬眠的栖息地

谁说这是乌云哭泣的泪
分明是龙王
给我们的诉说和一点恩惠

深秋的雨

风儿轻跳的舞蹈
似炎夏离去的庆祝
当你沉醉的表情
扬起时
秋雨便来了

娇羞的凉爽
挡不住
彻骨的冰冷

花儿粉饰的脸庞
败落
垂着头
连颜面也丢了

如果
树叶还有几分韧性
那挺在枝头的倔强
不过是死撑着
而已

矮矮的小草站立着
头顶悬着的云彩
沉着脸

天知道,哪一秒
雨滴,会加快脚步

听见花开的声音

种子落入土壤便有了希望
当绿芽撑破地壳
你知道
生命的光芒
照亮了世界

嫩绿的脸庞向着远方
当雨水飘来，冰雪覆盖
你知道
成长的力量
让躯体茁壮

开枝散叶，躯干硬朗
强风不过使你虚惊一场
寒冷不过使你袒露倔强
而生活里，你节节向上

攀爬云端，你的俯视和仰望
都能凝聚自己的芬芳
蜜蜂

这报喜的使者
飞在你的身旁

星宿高挂，
蟋蟀鸣叫的间隙
阵阵响声来临
只有脚下的昆虫
听得出
那是花开的声音

我是一只飞行的风筝

从未想过要飞远
只愿在不远处欣赏故乡
风吹走的刹那
内心留存着惊讶和恐慌

一路被裹挟着前进
在不知名的地方,停留
努力着,直到
满眼都是云彩

游走的轨迹,一路艰难
你可知道,身不由己的
另一端叫望眼欲穿
而前行,紧咬牙关……

蓦然回首
思念,爬上了心头那一扇窗
我低头不见的线
早已用血铸就在故乡的庭院

欢快的小鸟

我像一只欢快的小鸟
飞进了你的怀抱
我享受着你的温暖和亲昵
而你慈爱的笑容
弥漫了我的全世界

我风尘仆仆地归来
门口有你热切的迎接
再遥远的距离
都抵不过
似箭的归心和急切

离别的行囊束起
殷切的叮嘱
会让眼泪落下
但此刻的心头
埋下的是不舍和牵挂

城市的街灯下
我的兴奋和泪水

只有你能接纳
你说着平安,健康
却省去自己的心酸变化

我愿做一辈子欢快的小鸟
向着你的怀抱飞去
却再也回不去
只能在记忆里
回味你的温暖和亲昵

思念　哀伤

抚摸老宅的大门
斑斑锈迹是岁月的年轮
伸手推开的刹那
我听到了父亲心爱的,录音机里的歌曲

窗户的玻璃碎了
厨房的香味扑鼻而来
案板上的花馍微笑
炉火前升起的灰尘落在了,母亲的围裙上

……
一切不过是幻影

清晨的烟火烧不暖,春的寒意
田野的小路藏着儿时笑语
我的迫不及待里装满了
母亲的问候、父亲的寄语

再也无法相见的双亲
隔着黄土,已是最近的距离
一座坟头,我不信父亲听不到我的悲戚
两束烛光,我不信母亲看不到我留下的泪滴

我要感谢周遭的青草
驱走了萧瑟和孤寂
我要给地垄的灌木作揖
它给了父母，常年的陪伴和凉意

一把香、一壶酒、一盒香烟
是思念，是哀伤

夜　雨

屋内狂欢
窗外汽车鸣笛响起
隔着玻璃望去
灯火通明,你来的悄无声息

夜景、美食、逛街
被阻隔的还有城市的烟火气
散发着的狂热的情绪
全然被蒙在鼓里
冰冷的雨滴已穿云而来

谁不想有所防御
为着楼下光秃秃的自行车
和那干了许久的衣服
夜幕的伪装
才让你肆意妄为

总得吃亏吧,你的诞生
如同密密麻麻的警示牌
上面写着,生活需要时刻警惕

一盏清茶

白开水沸腾着
茶罐里摸出来茶叶
浇上水,水泡出了茶的颜色
茶泡出了心事

时间是静止的
它把流转送给了心灵
只为一缕缕忧愁和困苦
看,茶水渐浓,大概是纷扰躺了进去

如果眼泪是一种发泄
那这盏茶真能治愈
清澈的白水容不下些许残缺
一杯茶能承载,厚重的生活

人生的苦何须酿成酒?
与其麻木神经
莫如放进茶水里,用沉思煮沸
然后,饮下去的是错误
悟出来的是真谛

雨夜的花

雨刺穿了夜空
一把把利刃,落下
花瓣掉了
露出花心,惊醒

这时光飞速
露脸的日子经不起消磨
花期已过

往日的炎热
是温暖的牢骚
当下的冰冷
是真切的哀怨

嗖嗖的风
如冬天的先锋
寒冷的煎熬
亦是一种艰难的跋涉

远方的光

浑动的眼
没有泪水，只是疲惫
北方的辽阔
成了前行的障碍
南方的精巧
如滤镜后的灯火阑珊
当双眼紧闭时
心没有一丝涟漪

渴望许久的雨
打湿了睫毛，洗去了尘埃
当手掌扬起的刹那
雨滴如一汪清泉
将混浊抹去
这透亮的世界啊
清新、洁净

那通往理想的柏油路
一直延伸到心里
远方的殿堂充满了光
我整理行装，一往无前

云　雨

从昨夜睡梦中
飘来的云彩
不再花枝招展
五彩斑斓

远远望去
像一张严肃的脸
把天空
染的阴沉

隔着窗
都能看到
满怀悲楚的泪滴

兴许委屈让心情不自已
兴许
怒气变成了
惩罚一切的工具

大雨倾泻陆地

河水肆意蔓延而去
云彩阴沉的脸
不再浓密

当你冷笑着得意时
太阳射出的每一寸光
为你
最后的旅程
画上圆满的句点

温暖人间

春天的冷

严寒过后的喜悦
刚挂在脸上
却被你的阴沉
剥离

小草探出脑袋
告诉我
生命的迭代

此刻
你拍打着枝头的新芽
像一种警告
更像是一种激励

即使你恶狠狠地扑向大地
也抵挡不了温暖的降临
看吧,北方萧瑟的山川
布满了丝丝的微绿

不过是冬天败退的余威

如何抵得过太阳孔武有力

还是春姑娘温柔的怀抱
容得下你的嘶吼
在夏青年的热血里
你会被赶的，彻底

冬天的格调

总有人嘲笑冬天的尊严
轻薄的衣裳包裹着放肆的躯体
手套闲置在角落里
寒冷不过是随手丢弃的纸片
配不上别处相视而笑的见面

这安逸渗透着夏天的多余
如果不是昼短夜长,树叶干枯
谁会想起你夹杂风雪的长袖善舞
望过去,街头懒洋洋的面孔
紧挨着,一眼望不到头

醒醒,树枝敲打着窗
像警告、求饶
你迷离的眼投去一丝嘲讽
树枝依旧敲打,门闩打开的刹那
最硬的骨头也凌乱了
颤抖的牙齿咬合的蹦蹦响
冬天不是个笑话
是谁穿了皇帝的新装

放飞梦想

头顶的天空
蹉跎了
多少光阴
庭前的树苗
攀爬着
高耸入云

朋友
脚步的声响
可否丈量
思想的高度
是否多年未变
可涌动的心呢？

渴望飞翔
安逸却如缰绳
时时牵绊
梦想高远
勇气恰似囚犯
牢笼惆怅

岁月徒步
走过城市、山谷
辽阔的心
是否已挣脱禁锢
去追逐
云彩的舞步

凝视母亲河

奔腾而过的浪花
混杂着泥沙
咆哮声是黄帝和蚩尤激战
最原始的碰撞,孕育文明

没有丝毫的步履蹒跚
是呐喊,是激昂
带着尧舜禹汤的坚韧和贤良
书写历史,谱写华章

滚滚而来的母亲河的水
你追我赶,雷动的声势
是秦皇汉武的军威
剑戟划过,响彻沟壑

单于遁逃的恐惧、狼狈
漠北高原的宁静
不是主动撤退
而是,这奔腾威武霸气的功勋

发于天边,出于白云间
唐诗的吟唱,宋词的豪放

穿越千年的河水,奔流不息
冲刷着耻辱,流淌着坚韧

站在壶口
飞溅的河水顺流而下
水瀑急促
日起日落里时间过了不知多少年

归心的箭

路的一头是长长的等待
那穿越时空的心灵
藏着亲密的轨道

雨夜的滴答声
制造了泥泞
而后，阻隔了前行的路

冬日飘零的雪
连同寒冷
冰封了大地
而后，停在原地的脚步
始终不能迈出

这雨雪像两条恶汉
制造了厌恶
但也制造了一支箭
名字叫——归心

黎明的夜

黑暗犹在,夜的大幕
仍旧罩着
如果通宵未眠地数着分秒
你定会嫌弃光明太晚

浮躁弥漫的世界
迷茫变成了主色调
你的思绪如同
辗转反侧的渴望

别埋怨夜的漫长
那是你把黑暗抽成了茧
当拨开浓雾
黎明就在身边,光转瞬即来

面朝大海

不是春暖花开
而是，把心绪撒在海里
眺望远处，天海相接
遐想漫游着如蛟龙出海

被风吹皱的海水啊
像一汪汪泉眼
在颠簸中晃动着
晃动着

不知何时竟然多了两眼
像被海水填满了的
两块礁石的深坑
我的泪，盈盈地溢出了永恒

每一个拥挤而来的浪
敲打着莫名的忧伤
一次比一次汹涌
直到心绪，归于释然

相 聚

我总认为自己站在
青春的起点
所有的调皮都
停留在
眨眼之间

当我们如炬的目光
相互对视
才知道
每个人的脸上都
写满了沧桑

如果头发是时间的标记
那再次重逢的青丝里
藏着多少
年少时的记忆

作为坚强的附庸
泪水，早已被甩到了风里
谈笑间

幸福溢满了空气

寒冬飘来的风
刺在脸上
没有疼痛
只有再次相聚的期盼

向前，向前

默默努力
每一步都稳稳落地
在泥泞中，跌倒爬起
弄脏的双手和脸庞
写满了“狼狈”
别在意，内心的坚强会将它
一扫而去

别把崎岖当作平凡的词语
阻碍，才是它内在的含义
磕磕绊绊里洒满了
汗水、泪滴、心血
还有一把永不熄灭的火炬

向前，向前，路漫漫
抖落疲惫迎朝阳
鸟儿飞，花儿香
待到山顶话烂漫
震天吼，点江山
我辈当为好儿郎

雄壮空间

哀圆明园

本是万园之园
西方建筑和东方殿堂的完美结合
才出落得如此精致大方

宝石琳琅满目
雕刻鬼斧神工
九五之尊的威严
笼罩着每一个角落

八国强盗的闯入
吓破了高高在上的龙胆
万国朝圣的光环
被打砸和呐喊声撕得粉碎

价值连城的珠宝哭泣着
落入豺狼的口中
气势宏伟的照壁昂着头
在疯狂中倒塌

老佛爷惊魂未定地

逃窜在王朝衰落里
一声叹息中吐出三个字:
由它吧!

百年轮回之后
游人如织
何曾有金碧辉煌
却看残垣断壁,满目疮痍

哀圆明园何其之不幸
恨侵略者何其之残忍
身处园中犹可见历史之鉴:
落后就会挨打!

晋阳狄公仁杰

大漠的突厥，关外的契丹
再凌厉的铁骑
也抵不过狄公的威名

高宗的霸道，武后的独断
谁能拗的过
国老的忠贞死谏

扑朔迷离，人与事
任凭风浪起
必寻得蛛丝马迹，天下大白

酷吏恶狠狠地
向着正义扑来
天涯仗剑，与之相拼

冷箭难防
可是，刚正不阿的人
迎面直击，将其折成几段

县令、刺史、宰相
满眼人民

走来才有夹道欢迎,祠堂敬仰

巍峨太行山高耸挺拔
朵朵白云,下方
住着年迈的双亲

忠孝两全难相顾
虽无言
国老泪千行

敢问晋阳雄弘,并州辽远
宦海沉浮一生
唯故乡难舍难分

汾　酒

牧童骑牛
笛声悠远飘四方
诗人问路
遥指杏花村庄

相隔数里
方圆弥漫酒香
千古佳酿
一滴醇香

太白也曾作诗伏案
知己相逢
泪水为伴
举杯共饮把酒言欢

分久必合
诠释人间禅意
合久必分
道尽岁月沧桑

你是沉睡的雄狮

你是沉睡的雄狮
虽有余威
却如何能震得住
侵略者贪婪的獠牙
香港丢了,澳门没了
大片国土落入强盗之口

国人在哀叹中
听到了一个声音
苏醒吧,苏醒吧
当你昂起头,谁敢凑近?
这是共产党的呼唤
这是四万万同胞的呐喊

你,苏醒了
怒吼着,向一切不平等
所有的侵略者退却了
所有的反动派消灭了
太阳照耀
第一面五星红旗升起时

那是一九四九

你是奔跑的巨人
当有人讥笑你的贫穷、落后时
你何曾看过他们一眼
因为在你广袤的大地上
到处都是努力奋斗的人们

中国共产党
在清晨的朝阳里
指引人们阔步前行
在夕阳的余晖里
制定方针一心为民

第一颗卫星升空了
第一颗原子弹成功了
第一个特区开放了
当你跨入快速发展的轨道时
你，一骑绝尘

不再羡慕白面、大米
因为玉米、窝头才更养生
不再垂涎西餐

因为面包、牛排随时都有

补丁衣服的时代
一去不复返了

我更愿意称呼你为飞龙

戍边英雄

皑皑白雪,巍巍高山
十二级大风
怎抵得过
戍边的责任

我们手拉着手
就是雄伟的长城
蜿蜒前行在高原昆仑

任何风吹草动
怎逃得过我的眼睛
任弯刀落雪,子弹上膛

我一身戎装
何惧万千豺狼
睁大眼睛凝视对方

这激昂的火焰
燃烧在入侵者的身上
退后,退后,退后

怒吼压制着邪恶
满腔热血准备着
与敌人战斗到底的时刻

聆听吧
这清澈的爱,只为祖国
这神圣的土地,生命属于这里

乌　镇

青石板
小木船
艄公三两把歌唱
幺妹儿河边洗衣裳
情郎桥上望
痴女阁楼藏
但等乌镇灯四起
一起把街逛

伊克敖包

站在鄂尔多斯最高处
你的最高顶,向着长生天
把平安和祝福
赋予仰望的人们

乌兰木伦河的水
是你恩泽万代的流金
鄂尔多斯的青草
是你赐予牛羊的食粮

夜晚的风吹过
伊克敖包的彩旗飘扬
向着四面八方
播撒着城市的璀璨

曾经的敖包拼成了辽阔
辽阔里,存着血泪和迁移
现在,伊克敖包变成了祈求
祈求里,写满了
国泰民安,万世永续

狄公唐槐

枝枝蔓蔓地延伸
向着四面八方
诉说着千年前的故事

粗壮的枝干把年轮显露
狄老夫人的栽培
才有了“斗南一人”的佳话

经史子集,品格传授
彻夜刻苦的灯火,母子身影
槐树在凛冽中见证

考取功名的那刻
槐树挂满了红绸缎
母亲欢喜地叮嘱着儿郎

足迹遍布五湖四海
仁德施行天下
槐树遥望,狄公思绪万千

如果统计遗憾
国老叶落,身未归乡
唐槐园槐树见证启程,日月风霜

逆行者

肆意奔跑的背后
满是恐惧
这无形的病毒
来势汹汹
谁能让城市空荡，乡村隔断
没有硝烟
却身处战场

走吧，迎着敌人出发
任它千军万马
走吧，向着前方出发
守护同胞生涯

车站的别离
拥抱，把深情传递
泪水，把牵挂浮起
转身的坚毅
不是决绝
是勇士充满的力量

归队，出发
管什么前方凶险
心底涌起必胜的信念

归队，出发
短暂的黑暗
我们必将蹚出一路光明

朋友，别慌

朋友，别慌
恐惧，不过是
留给自己的一次测试
如果，岁月有痕
定会记得曾经的坚强

朋友，别慌
寂静的城市里
所有的角落
都是燃烧的火焰
别怕孤单
此刻，亿万人与你同在

朋友，别慌
五岳山川，黄河长江
流淌着，炎黄子孙的庄严
什么病毒猖狂
不过是，一时嚣张

朋友，别慌
把所有的精神
拧成一股力量

如果,心中有光
何处都有黎明

青石板

高低不平，长短不一地平铺着
诉说着不同工匠的手艺，芸芸众生的踩踏
一块接着一块，徐徐而行
把幽怨的思绪洒落，然后抬头仰望前方

不去想旁边的路人是甲乙丙丁
这绿绿苔藓的青石板，写满了故事
也许惊心动魄，也许平淡清雅
无论如何，每一段都刻骨铭心，无关旁人

吊脚楼的突出，像是有意靠近路面
楼上的女子望着熙熙攘攘的人群
在花红柳绿间，寻着情郎
一见钟情的羞涩，只在眼眸对撞中出现

少了人群的小巷，寂静成了主旋律
每一步都能听到心跳的声音
竹子林立，与天地浑然一体
闭眼盘珠，心如止水，方知道法自然

秦兵马俑

一个个站立着，跪拜着
怒目圆睁，气宇轩昂，肃穆坚定……
尽管手持的戈矛脱落，缰绳、战车消失
但出征的雄壮却在历史长河中永存

三丁出二，二丁出一
强征的号令响彻三秦大地
生存的呐喊，报国的激昂
谁还在乎离别的痛苦和妇人的哀怨

灭齐，伐楚，六国的合纵之术
不过是垒起的土墙
秦军士兵的威武势不可挡
你看，秦王的六十万大军，破楚而还

车同轨，书同文，行同伦
四海之内大一统
牺牲的将士，万世的英雄
我们叫不出你的名字，你在秦俑中永生

后 记

从记事开始到慢慢老去,人这一辈子有很多事会发生,也有很多事值得被记忆,所以,才有了自传、回忆录和用真实故事改编的小说等,但无论哪一种体裁都是对人生轨迹的描画和记录。

如果有人问我,喜欢什么样的文学表现形式?我会毫不犹豫地说:诗歌。诗歌是世界上最简洁的语言,寥寥几行便可以在人的大脑中勾勒出别样的世界,便可以制造出人们喜怒哀乐的情绪。在诗歌里,你不必像小说那样,去设计情节;也不必像散文那样,去做一场独白。你可以尽情地发挥自己的想象,不拘泥于细枝末节,不纠结于黑白是非,因为那里的空间足够大。

说到与诗歌的结缘,那是很早的事了,大概是小学阶段便有了对诗歌的喜爱,到了中学更是时不时地会写一首小诗,来表达自己对生活的看法。虽然笔端稚嫩,但好过沉默不语。

上大学及至工作,我对诗的热爱从没有间断,有一段时间,我买了好多盘诗朗诵的磁带,睡前总是会把录音机打开,听一些名家的诗朗诵,其中印象最深的就是泰戈尔、徐志摩、席慕蓉、汪国真等诗人的诗。有时候还会试着去模仿着写。但及至今日很多诗都已经丢失了。

亡羊补牢为时不晚，我尽力去找寻以往的旧作，对这几年的诗基本都有保存，这得益于科技的发展和智能手机的普及。于是，在有保存的这些诗里面，选了一部分出来，编撰成这本诗集。

这本诗集的诗横跨时间较长，从中学、大学，再到工作，各个阶段都有诗入选。有的诗稚嫩，有的诗老练，有的诗也许只是情绪的发泄，有的诗也许是历经生活后看到的真相。于是，我把诗集的名字叫作《听见花开的声音》。

从埋下种子，到发芽、开花，诗是这样，人生又何尝不是如此。每个人的成长都是从原点出发，向着四周扩散开去的。但无论走多远，植入血液的亲情，埋入心底的与故乡有关的纯真之情永远不会磨灭，反而会随着年龄的增长愈发醇厚。

儿时不曾珍惜的父母的拥抱、微笑，在若干年后像刻在脑子里的录像带，随时可以播放，随时可以回味。故乡的小路即使不常走，也能记得起它给我们带来的快乐……这些原点的记忆是每一个人都无法忘记的。

从原点向四面扩散时，人便从“小我”真正地走向“大我”。这是一个发展的过程，没有一帆风顺，迷茫、徘徊、独处、反思，充满着整个过程。在这必经之路上，我把自己内心的挣扎、斗争，用诗的语言记录了下来，希望能与读者共勉。

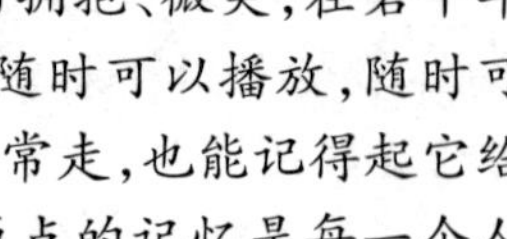